YO TENÍA UN HIPOPÓTAMO

Escrito e ilustrado por Héctor Viveros Lee

LEE & LOW BOOKS INC. · New York

Para mis padres,
cuyas raíces me dieron alas.

Printed in Hong Kong by South China Printing Co. (1988) Ltd.

Book Design by Tania Garcia
Book Production by Our House

The text is set in Antikva Margaret
The illustrations are rendered using gouache, India ink, and watercolor by the following
process: First, white gouache is applied to illustration board with pencil drawings. After the
paint dries, black India ink is brushed quickly over the entire surface, saturating only the
penciled areas. Once the ink is dry, the board is washed off, leaving a simulated woodcut
drawing. The image is then transferred to acetate and also onto a clean illustration board,
where it is painted with watercolor and gouache. The acetate film is then placed over the
painting, creating a cross between a woodcut and a stained-glass window.

10 9 8 7 6 5 4 3
First Edition

Library of Congress Cataloging-in-Publication Data
Lee, Héctor Viveros,
[I had a hippopotamus. Spanish]
Yo tenía un hipopótamo/by Héctor Viveros Lee.—1st ed.
p. cm.
Summary: An imaginative boy opens a box of animal crackers and gives his
family members a hippopotamus, rhinoceros, and other exotic animals.
ISBN 1-880000-52-0 (pbk).
[1. Animals—Fiction. 2. Imagination—Fiction. 3. Spanish language materials.]
I. Title.
[PZ73.L38 1997]
[E]—dc21 96-36897
CIP AC

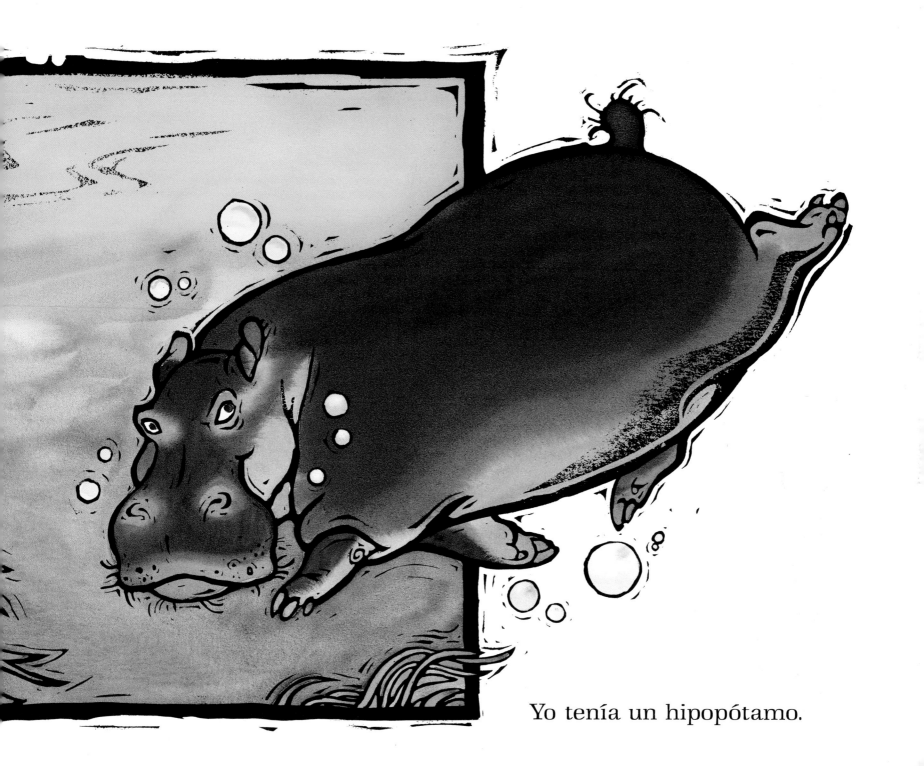

Yo tenía un hipopótamo.

Pero se lo di a mi mamá.

Yo tenía una anaconda.

Pero se la di a mi papá.

Yo tenía un rinoceronte.

Pero se lo di a mi hermana.

Yo tenía un elefante.

Pero se lo di a mi hermanito.

Yo tenía un canguro.

Pero se lo di a mi abuela.

Yo tenía un pangolín.

Pero se lo di a mi abuelo.

Yo tenía un coyote.

Pero se lo di a mi tío.

Yo tenía un marabú.

Pero se lo di a mi prima.

Yo tenía un jaguar.

Pero se lo di a mi mejor amigo.

Yo tenía un orangután.

Pero se lo di a mi vecina.

Yo tenía un jabalí verrugoso.

Pero se lo di a la niña de al lado.

Yo tenía un cocodrilo.

Pero se lo di a mi maestra.

Yo tenía un pequeño, corretón,

listo, travieso, adorable

gatito.

Y me quedé con él.